혼자라도 빛나는 밤에

Writing Book

혼자라도 빛나는 밤에

Writing Book

밤삼킨별 · 딱풀 지음

꿈의지도

제가 막 사진을 좋아했을 때,

그 나이의 엄마는 저와 동생을 키우시며 사진을 찍어주셨더랬습니다.

엄마가 그때 찍어주신 사진 대부분의 계절은 '봄'입니다.

늘 화사한 꽃과 함께 사진을 찍어주셨지요.

고운 한복을 입고 금목서 노란 꽃 속에서 우리는

웃고 있거나, 햇살에 눈을 찡그리고 있습니다.

봉숭아물을 들이던 날,

열 손가락을 목련 잎으로 감싸 흰 명주실로 칭칭 감은 채 잠든 사진은

비록 흔들렸고, 빛바랜 사진으로 남았지만

그 다음 날 아침 손톱에 든 고운 봉숭아물처럼 선명한 기억으로 남아 있습니다.

몽우리 진 장미꽃 옆에서 가시를 코에 붙여 눈을 감고 있고,

아카시아 가득한 소쿠리 앞에서 맛있는 표정을 짓고 있습니다.

냉이 꽃에 매달린 작은 잎들을 살짝살짝 벗겨 묶음 하여 귀에 대고 있는

어릴 적 그 순간의 소리가 사진에도 있습니다.

사진 속 마당 평상에 누워 하늘 보며 잠든 내 이마 위로

겹매화 나무 그늘이 배를 덮어주고,

분홍 꽃잎 손 안에 쥐어준 건

엄마의 선물이었을까요? 아니면 봄의 선물이었을까요?

벌써 삼십 년이 지났습니다.

사진 속 꽃 옆에 서 있던 아이가 어른이 되어 사진을 찍습니다.

장미 가시를 코에 붙이던 아이가 어느덧 엄마가 되어

아이들의 사진을 찍고 사진의 이야기를 합니다.

겹매화 분홍 꽃잎들을 손에 쥐고 봄잠을 자던 아이는

어느새 풍경을 사진으로 담으며,

사진으로 일상과 사소함으로 '인생'의 시간을 보행하고 있습니다.

봄날 꽃 옆에 사랑하는 존재를 놓아두고 사진을 찍어주고 싶어 하시던

엄마의 마음으로 사진을 찍습니다.

사진으로 바라보는 세상은 많은 이야기를 전해줍니다.

눈, 코, 입, 귀, 가슴, 머리….

속에 있는 기억들이 먼 미래와 먼 과거를 휘휘 돌아 지금 이 시간을 이야기해줍니다.

세상을, 일상을, 시간을, 당신을 읽고,

사진을 씁니다.

꽃잎이 나무에서 바닥으로 떨어지는 그 속도 초속 5cm.

사소하지만 결코 사소하지 않은 순간들의 의미를 마음에서 꺼냅니다.

밤삼킨별 · 딱풀

CONTENTS

CONTENTS

외딴섬

홍영철

네 잘못이 아니다

홀로 떠 있다고 울지 마라
곁에는 끝없는 파도가 찰랑이고
위에는 수많은 별들이 반짝이고 있단다

떼 지어 몰려다니는 것들을 보아라
홀로 떠 있지도 못하는 것들은
저토록 하염없이 헤매고 있지 않느냐

바람 부는 대로 파도치는 대로
그 자리 제대로 서 있지도 못하는 것들은
저토록 소리치며 낡아가고 있지 않느냐

네 잘못이 아니다

홀로 떠 있다고 울지 마라
너는 이미 은하의 한 조각이 아니더냐

외딴섬 홍영철

진정한 여행

나짐 히크메트

가장 훌륭한 시는 아직 씌어지지 않았다
가장 아름다운 노래는 아직 불려지지 않았다
최고의 날들은 아직 살지 않은 날들
가장 넓은 바다는 아직 항해되지 않았고
가장 먼 여행은 아직 끝나지 않았다

불멸의 춤은 아직 추어지지 않았으며
가장 빛나는 별은 아직 발견되지 않은 별
무엇을 해야 할지 더 이상 알 수 없을 때
그때 비로소 진정한 무언가를 할 수 있다
어느 길로 가야 할지 더 이상 알 수 없을 때
그때가 비로소 진정한 여행의 시작이다

진정한 여행　나짐 히크메트

인생은 B(Birth)와 D(Death) 사이의 C(Choice)다

–

사르트르

사르트르

혼자서

나태주

무리지어 피어 있는 꽃보다
두 셋이서 피어 있는 꽃이
도란도란 더 의초로울 때 있다

두 셋이서 피어 있는 꽃보다
오직 혼자서 피어 있는 꽃이
더 당당하고 아름다울 때 있다

너 오늘 혼자 외롭게
꽃으로 서 있음을 너무
힘들어 하지 말아라

혼자서   나태주

이 또한 지나가리라

랜터 윌슨 스미스

큰 슬픔이 거센 강물처럼 네 삶에 밀려와

마음의 평화를 산산조각 내고

가장 소중한 것들을 네 눈에서 영원히 앗아갈 때면

네 가슴에 대고 말하라

'이 또한 지나가리라'

이 또한 지나가리라   랜터 윌슨 스미스

첫사랑

이윤학

그대가 꺾어준 꽃
시들 때까지 들여다보았네

그대가 남기고 간 시든 꽃
다시 필 때까지

첫사랑 　이윤학

답이 없다는 것도 하나의 답이다

–

인디언의 명언

인디언의 명언

발견

요한 볼프강 폰 괴테

그렇게 나 혼자 숲속으로 걸어갔어
아무것도 찾으려 하지 않았지
그게 내 생각이었어

그늘 속에서 나는
한 떨기 작은 꽃송이를 보았지
별처럼 빛나며,
작은 눈동자처럼 아름다운.

발견   요한 볼프강 폰 괴테

나는 그 꽃을 꺾으려 했지
그러자 꽃은 속삭였어
난 꺾여 시들어져야 하나요?

뿌리째 온통
난 그 꽃을 뽑아내어
집 옆 예쁜 정원으로
옮겨왔어

그러자 그 꽃은 조용한 구석에서
다시 살아났지
지금 그 꽃은 가지를 쳐가고
자꾸자꾸 꽃을 피워가고 있다네

흐르는 강물처럼

파울로 코엘료

언제나 강한 척할 필요는 없고
시종일관 모든 것이 잘 돌아가고 있음을 증명할 필요도 없다
다른 이들이 뭐라고 하건 신경 쓰지 않으면 그뿐,
필요하다면 울어라
눈물샘이 다 마를 때까지

흐르는 강물처럼 파울로 코엘료

해결될 문제라면 걱정할 필요 없고

해결 안 될 문제라면 걱정해도 소용 없다

티벳 속담

티벳 속담

나의 꿈

정호승

돌멩이로 빵을 만든다

흙으로 밥을 짓는다

풀잎으로 반찬을 만든다

강물로 국을 끓인다

함박눈으로 시루떡을 찐다

노을로 팥빙수를 만든다

이 세상에 배고픈 사람이

아무도 없도록

나의 꿈 정호승

내 영혼의 비타민

나카타니 아키히로

나를 도와줄 사람의 숫자는
내가 도와준 사람의 숫자와 같다

내 영혼의 비타민   나카타니 아키히로

약해지지 마

시바타 도요

있잖아, 불행하다고
한숨짓지 마
햇살과 산들바람은
한쪽 편만 들지 않아
꿈은
평등하게 꿀 수 있는 거야
나도 괴로운 일
많았지만
살아 있어 좋았어
너도 약해지지 마

약해지지 마　시바타 도요

036
–
037

나중에라는 길을 통해서는

이르고자 하는 곳에 결코 다다를 수 없다

-

스페인 속담

스페인 속담

말하라, 어두워지기 전에

노혜경

이미 당신은 문 밖에서 저문다
굳센 어깨가 허물어지고 있다
말하라, 어두워지기 전에
내가 가고 있다고

말하라, 어두워지기 전에   노혜경

헤르만 헤세의 청춘이란 무엇인가

헤르만 헤세

세상에는 크고 작은 길들이 너무나 많이 있다

그러나 도착지는 모두 같다

말을 타고 갈 수도 있고, 차로 갈 수도 있고,

둘이서 아니면 셋이서 갈 수도 있다

하지만 마지막 한 걸음은 결국 혼자서 걸어가야 한다

헤르만 헤세의 청춘이란 무엇인가 헤르만 헤세

항구에 있는 배는 안전하다

그러나 배는 항구에 머물러 있기 위해 만들어진 것은 아니다

-

윌리엄 쉐드

윌리엄 쉐드

사랑하라, 한 번도 상처받지 않은 것처럼

알프레드 디 수자

춤추라, 아무도 보고 있지 않은 것처럼

사랑하라, 한 번도 상처받지 않은 것처럼

노래하라, 아무도 듣고 있지 않은 것처럼

일하라, 돈이 필요하지 않은 것처럼

살라, 오늘이 마지막 날인 것처럼

사랑하라, 한 번도 상처받지 않은 것처럼 알프레드 디 수자

익숙지 않다

마종기

그렇다 나는 아직
세상을 어떻게 살아야 하는지
익숙지 않다

강물은 여전히 우리를 위해
눈빛을 열고 매일 밝힌다지만
시들어가는 날은 고개 숙인 채
길 잃고 헤매기만 하느니

가난한 마음이란 어떤 삶인지,
따뜻한 삶이란 무슨 뜻인지,
나는 모두 익숙지 않다

익숙지 않다 마종기

죽어가는 친구의 울음도

전혀 익숙지 않다

친구의 재 가루를 뿌리는 침몰하는 내 육신의 아픔도,

눈물도, 외진 곳의 이명도

익숙지 않다

어느 빈 땅에 벗고 나서야

세상의 만사가 환히 보이고

웃고 포기하는 일이 편안해질까

그 꽃

고은

내려갈 때

보았네

올라갈 때

보지 못한

그 꽃

그 꽃　고은

우리 모두는 시궁창에 있지

그러나 우리 가운데 몇 사람은

별을 바라보고 있지

-

오스카 와일드

오스카 와일드

열쇠

김혜순

우리 몸은 모두 빛의 복도를 여는 문이라고
죽은 사람들이 읽는 책에 씌어 있다는데

당신은 왜 나를 열어놓고 혼자 가는가

열쇠　김혜순

희망이란 있다고도 할 수 없고, 없다고도 할 수 없다

그것은 마치 길과 같아서,

처음엔 보이지 않지만

누군가가 걸어가면 그것이 곧 길이 된다

-

루쉰

루쉰

이 모든 괴로움을 또다시

전혜린

고독한 자는 그가 만난 자에게 너무도 빨리 손을 내민다

너는 많은 사람들에게 손을 내밀어서는 안 되고 단지 앞발을 내밀어라

그리고 네 앞발에 발톱도 있기를 바란다

이 모든 괴로움을 또다시 전혜린

나는 오늘부터 말을 하지 않기로 했다

편석환

열심히만 산다고 다 좋은 것은 아니다
자신을 지키며 사는 게 더 중요하다
오늘이 끝이 아니고
지금 이 길이 인생의 전부는 아니다

나는 오늘부터 말을 하지 않기로 했다 편석환

사람이 사람에게

이채

꽃이 꽃에게 다치는 일이 없고

풀이 풀에게 다치는 일이 없고

나무가 나무에게 다치는 일이 없듯이

사람이 사람에게 다치는 일이

없었으면 좋겠다

사람이 사람에게   이채

여심

피천득

어떠한 운명이 오든지
내 가장 슬플 때 나는 느끼나니
사랑을 하고 사랑을 잃은 것은
사랑을 아니 한 것보다는 낫습니다

여심 피천득

누구에게나 친구는

어느 누구에게도 친구가 아니다

-

아리스토텔레스

아리스토텔레스

혼자 사랑

도종환

혼자서만 사랑하다 날이 저물어

당신이 모르는 채 돌아갑니다

혼자서만 사랑하다 세월이 흘러

나 혼자 말없이 늙어갑니다

남 모르게 당신을 사랑하는 게

꽃이 피고 저 홀로 지는 일 같습니다

혼자 사랑   도종환

지중해 in Blue

쥴리 & 져스틴

닫혀서 찾지 않는 것이 아니라

찾지 않아서 닫힌 거죠

우리 마음도 그래요

닫혀 있는 것처럼 보일 뿐이에요

누군가 두드려주길 바라고

따뜻하게 만져주길 바라죠

언젠가가 아닌

바로 지금

지중해 in Blue   쥴리&져스틴

누군가를 조금의 의심도 없이
완전히 믿으면
그 결말은 둘 중 하나다

인생 최고의 인연을 만나거나
일생 최대의 교훈을 얻거나
–

작자 미상

작자 미상

빗방울처럼 나는 혼자였다

공지영

이제 조금은 알 것 같다

보고 싶다고 다 볼 수 있는 것은 아니며

나의 사랑은 깊어도 이유 없는 헤어짐은 있을 수 있고

받아들일 수 없어도 받아들여야만 하는 것이 있다는 것을

사람의 마음이란 게 아무 노력 없이도 움직일 수 있지만

아무리 노력해도 움직여지지 않을 수 있다는 것을

기억 속에 있었을 때 더 아름다운 사람도 있다는 것을

가을이 오면 겨울이 오듯

사람도 기억도 이렇게 흘러가는 것임을

빗방울처럼 나는 혼자였다 　공지영

해수관음에게

홍사성

당신 보면 하고 싶은 말 오직 한 마디
오래도록 안고 싶다
찬 돌에 온기 돌 때까지

해수관음에게 홍사성

삼십세

최승자

이렇게 살 수도 없고 이렇게 죽을 수도 없을 때
서른 살은 온다.
시큰거리는 치통 같은 흰 손수건을 내저으며
놀라 부릅뜬 흰자위로 애원하며.

내 꿈은 말이야, 위장에서 암 세포가 싹 트고
장가가는 거야, 간장에서 독이 반짝 눈뜬다.
두 눈구멍에 죽음의 붉은 신호등이 켜지고
피는 젤리 손톱은 톱밥 머리칼은 철사
끝없는 광물질의 안개를 뚫고
몸뚱아리 없는 그림자가 나아가고
이제 새로 꿀 꿈이 없는 새들은
추억의 골고다로 날아가 뼈를 묻고

삼십세 최승자

슬픈 예감

요시모토 바나나

가령 한때의 반짝임이라 하더라도

언젠가는 변하는 것이라 하더라도

순간에 모든 것을 담아

확고한 눈길로 호소하면

사람의 마음은 움직인다

슬픈 예감   요시모토 바나나

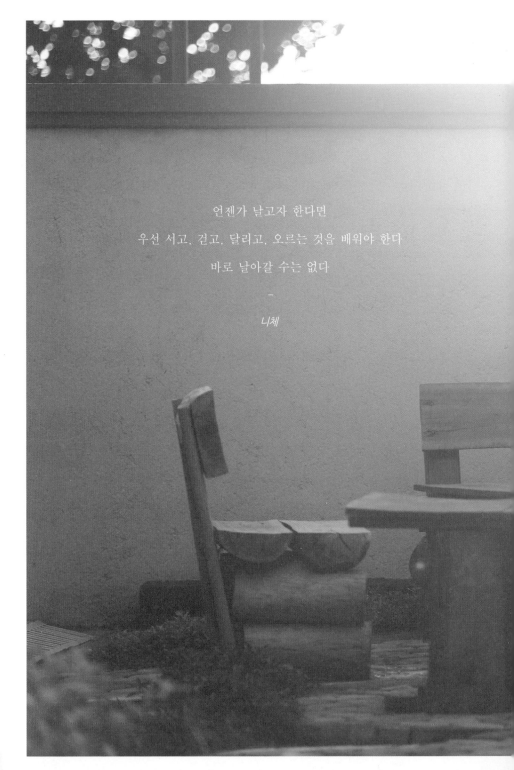

언젠가 날고자 한다면

우선 서고, 걷고, 달리고, 오르는 것을 배워야 한다

바로 날아갈 수는 없다

-

니체

니체

먼 곳에의 그리움

전혜린

거리만이 그리움을 낳는 건 아니다

아무리 네가 가까이 있어도

너는 충분히 실컷

가깝지 않았다

먼 곳에의 그리움   전혜린

가난한 사랑 노래

신경림

가난하다고 해서 외로움을 모르겠는가
너와 헤어져 돌아오는
눈 쌓인 골목길에 새파랗게 달빛이 쏟아지는데
가난하다고 해서 두려움이 없겠는가
두 점을 치는 소리
방범대원의 호각소리 메밀묵 사려 소리에
눈을 뜨면 멀리 육중한 기계 굴러가는 소리
가난하다고 해서 그리움을 버렸겠는가

가난한 사랑 노래 신경림

어머님 보고 싶소 수없이 뇌어보지만

집 뒤 감나무에 까치밥으로 하나 남았을

새빨간 감 바람소리도 그려보지만

가난하다고 해서 사랑을 모르겠는가

내 볼에 와 닿던 네 입술의 뜨거움

사랑한다고 사랑한다고 속삭이던 네 숨결

돌아서는 내 등 뒤에 터지던 네 울음

가난하다고 해서 왜 모르겠는가

가난하기 때문에 이것들을

이 모든 것들을 버려야 한다는 것을

사진보관함

서덕준

자식이라는 이름으로
가슴 곳곳에 대못질을 했다

아빠는 내가 못을 박은 곳마다
나의 사진을 말없이 걸어놓곤 하셨다

사진보관함 　서덕준

얼굴이 계속 햇빛을 향하도록 하라

그러면 당신의 그림자를 볼 수 없다

-

헬렌 켈러

헬렌 켈러

농담

밀란 쿤데라

사람을 외롭게 만드는 것은

적이 아니라 친구다

농담 밀란 쿤데라

살아 있는 것은 다 행복하라

법정스님

우리가 걱정해야 할 것은 늙음이 아니라 녹스는 삶이다

인간의 목표는 풍부하게 소유하는 것이 아니라

풍성하게 존재하는 것이다

살아 있는 것은 다 행복하라 법정스님

너와 나의 배경

임은숙

생각과 생각이 만나는 것

마음과 마음이 부딪치는 것

같은 하늘아래

서로 다른 시간 속을 달리면서

잠자기 전이나 아침에 눈을 뜰 때

밥을 먹거나 숲길을 거닐 때

일을 하다 잠시 휴식을 취할 때

어쩌면 일하는 시간마저도

그리움을 놓지 않는 것

그 기쁨을, 설렘을, 행복을

사랑이라 했다

너와 나의 배경   임은숙

바람이 알고

나뭇잎이 아는 사연

별이 알고

새벽이슬이 아는 사연

너와 나, 둘만의 계절 속엔

봄빛이 무성하다

길 위에서의 편지

파블로 네루다

사랑하는 사람아, 내가 기다리고 있어
가장 무서운 사막이라 할지라도
꽃핀 레몬
꽃핀 레몬나무 옆에서
내가 너를 기다리고 있어

길 위에서의 편지   파블로 네루다

힘은 승리에서 오지 않는다

너의 몸부림만이 힘을 키운다

네가 온갖 고초를 겪으면서도 포기하지 않는 것, 그것이 곧 힘이다

–

마하트마 간디

마하트마 간디

검고 푸른 날들

황강록

난 네가 누군지 몰랐어

너는 햇살이었고,
바람이었고,
즐거운 충동이었지
너는 가루 같은 물방울이었고,
춤이었고,
맑고 높은 웃음소리

항상 내게 최초의 아침이었어

검고 푸른 날들 황강록

너의 의미

백가희

지나치게 소소했다

지나치게 소소해서, 더없이 익숙했다

내 생활에 빈틈없이 네가 자리해서

내 일상은 곧 너였다

너의 의미   백가희

봄을 닮은 사람인 줄 알았는데

그래서 여름이 오면 잊을 줄 알았는데

또 이렇게 네 생각이 나는 걸 보면 너는 여름이었나

이러다가도 네가 가을도 닮아 있을까 겁나

하얀 겨울에도 네가 있을까 두려워

다시 봄이 오면, 너는 또 봄일까

-

작자 미상

작자 미상

연애

나태주

날마다 잠에서

깨어나자마자 당신 생각을

마음 속 말을 당신과 함께

첫 번째 기도를 또 당신을 위해

그런 형벌의 시절도 있었다

연애 나태주

청춘

샤무엘 울만

청춘이란
인생의 어떤 한 시기가 아니라
마음의 가짐을 뜻한다

그것은
장밋빛 볼, 붉은 입술,
하늘거리는 자태가 아니라

강인한 의지, 풍부한 상상력,
불타는 열정을 말한다

청춘 샤무엘 울만

해 질 녘엔 의자를 사지 말라

어떤 의자에 앉아도

다 편할 것이다

다급해졌다고 사람을 함부로 사귀지 말라

외로움에 지쳐

누구든 다 좋을 것이다

-

작자 미상

작자 미상

저편 언덕

류시화

슬픔이 그대를 부를 때

고개를 돌리고

쳐다보라

세상의 어떤 것에도 의지할 수 없을 때

그 슬픔에 기대라

슬픔이 그대를 손짓할 때

그곳으로 걸어가라

세상의 어떤 의미에도 기댈 수 없을 때

저편 언덕으로 가서

그대 자신에게 기대라

슬픔에 의지하되

다만 슬픔의 소유가 되지 말라

저편 언덕 류시화

무소유

법정스님

우리는 필요에 의해서 물건을 갖지만,
때로는 그 물건 때문에 마음을 쓰게 된다
따라서 무엇인가를 갖는다는 것은 다른 한편
무엇인가에 얽매이는 것.
그러므로 많이 갖고 있다는 것은
그만큼 많이 얽혀 있다는 뜻이다

무소유 법정스님

사람들은 사랑받기 위해 태어났고, 물건들은 사용되기 위해 만들어졌다

세계가 혼란 속에 빠져 있는 이유는,

물건들은 사랑받고 사람들은 사용되기 때문이다

–

고타마 싯다르타

고타마 싯다르타

기억에 마음을 묻는다

김종원

스칠 때는 그렇게 절실하더니만
지나고 나니 한낱 바람이었다

기억에 마음을 묻는다 김종원

희망을 가지렴

비센테 알레익산드레

그걸 알겠니? 넌 벌써 아는구나

그걸 되풀이 하겠니? 넌 또 되풀이 하겠지

앉으렴, 더는 보질 말고, 앞으로!

앞을 향해, 일어나렴, 조금만 더, 그것이 삶이란다

그것이 길이란다, 땀으로, 가시로, 먼지로, 고통으로 뒤덮인

사랑도, 내일도 없는 얼굴….

넌 무얼 갖고 있느냐?

어서, 어서 올라가렴

얼마 안 남았단다

아, 넌 얼마나 젊으니!

희망을 가지렴 비센테 알레익산드레

다른 누군가가 되어서 사랑받기보다는

있는 그대로의 나로서

미움받는 것이 낫다

-

커트 코베인

커트 코베인

고양이

키타하라 하쿠슈

뜨거운 여름 볕에 푸른 고양이
가볍게 안아보니 손이 가려워,
털 조금 움직이니 내 마음마저
감기 든 느낌처럼 몸도 뜨겁다

요술쟁이인지, 금빛 눈에는
깊이도 숨 내쉬며 두려움 가득
던져 떨어뜨리면 가벼이 올라
녹색빛 땀방울이 가만 빛난다

이렇게 한낮 속에 있다 하지만
보이지 않는 느낌 숨어 있어라
몸 전체 쫑긋 세우고
보리 향그러움에 뭔가 노린다

뜨거운 여름 볕에 푸른 고양이
볼에 비비어 대니, 그 아름다움,
깊게, 그윽하게, 두려움 가득
언제까지나 한층 안고 싶어라

고양이 　키타하라 하쿠슈

너를 본 순간

이승훈

너를 본 순간
물고기가 뛰고
장미가 피고
너를 본 순간
아무것도 보이지 않았다
너를 본 순간
그동안 살아온 인생이
갑자기 걸레였고
갑자기 시커먼 밤이었고
너는 하아얀 대낮이었다

너를 본 순간 이승훈

우리가 혼자서 꿈을 꾸면 오로지 꿈에 그치지만

모두가 함께 꿈을 꾸면 그것은 새로운 세상의 시작이 된다

–

프리덴슈라이히 훈데르트바서

프리덴슈라이히 훈데르트바서

속눈썹의 효능

이은규

때로 헤어진 줄 모르고 헤어지는 것들이 있다

가는 봄과

당신이라는 호칭

가슴을 여미던 단추 그리고 속눈썹 같은 것들

돌려받은 책장 사이에서 만난, 속눈썹

눈이 밟힌다는 건 마음을 찌른다는 것

건네준 사람의 것일까, 아니면 건네받은 사람

온 곳을 모르므로 누구에게도 갈 수 없는 마음일 때

깜빡임의 습관을 잊고 초승달로 누운

속눈썹의 효능　이은규

삶은... 사랑하고 감동하고 희구하고 전율하며 사는 것이다.
-

오귀스트 로댕

오귀스트 로댕

안개 속에서

헤르만 헤세

안개 속을 거닐면 참으로 이상하다
모든 나무 덤불과 돌이 외롭다
어떤 나무도 다른 나무를 보지 못한다
누구든 혼자다

나의 삶이 아직 환했을 때
내게 세상은 친구들로 가득했다
그러나 이제 안개가 내리니,
더는 아무도 보이지 않는다

어둠을, 떼어놓을 수 없게 나직하게

모든 것으로부터 그를 갈라놓는

어둠을 모르는 자

정녕 그 누구도 현명치 않다

참 기이하다, 안개 속을 거니는 것은!

삶은 외로이 있는 것

어떤 사람도 다른 사람을 알지 못한다

누구든 혼자다

반 고흐, 영혼의 편지

빈센트 반 고흐

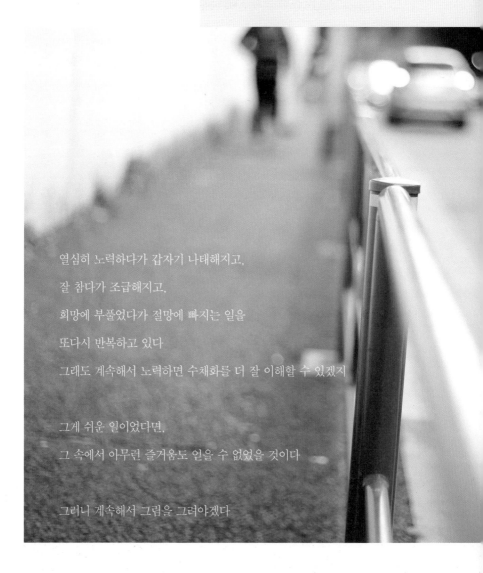

열심히 노력하다가 갑자기 나태해지고,

잘 참다가 조급해지고,

희망에 부풀었다가 절망에 빠지는 일을

또다시 반복하고 있다

그래도 계속해서 노력하면 수채화를 더 잘 이해할 수 있겠지

그게 쉬운 일이었다면,

그 속에서 아무런 즐거움도 얻을 수 없었을 것이다

그러니 계속해서 그림을 그려야겠다

반 고흐, 영혼의 편지   빈센트 반 고흐

우리를 슬프게 하는 것들

안톤 슈낙

날아가는 한 마리의 해오라기. 우수가 지난 뒤의 텅 빈 논과 밭. 술에 취한 여인의 모습. 어린 시절 살던 조그만 마을을 다시 찾았을 때. 그곳에는 이미 아무도 당신을 알아보는 이 없고, 일찍이 뛰놀던 놀이터에는 거만한 붉은 주택들이 들어서 있는데다 당신이 살던 집에서는 낯선 이의 얼굴이 내다보고, 왕자처럼 경이롭던 아카시아 숲도 이미 베어 없어지고 말았을 때. 이 모든 것이 우리의 마음을 슬프게 한다

우리를 슬프게 하는 것들 안톤 슈낙

달리다

황경신

너를 만난 이후로

나의 인생은 세 가지로 축약되었다

너를 향해 달려가거나

너를 스쳐 지나가기 위해 달려가거나

너로부터 도망가기 위해 달려간다

달리다 　황경신

따뜻함을 위하여

틱낫한

나는 두 손으로 얼굴을 감싸고 있다
아니다, 울고 있는 게 아니다
나의 외로움을 따뜻하게 해주려고
지켜주는 두 손으로
길러주는 두 손으로
내 넋이 분노 때문에
나를 떠나지 못하게 막으려고
두 손으로 얼굴을 감싸고 있는 것이다

따뜻함을 위하여 틱낫한

새벽에 용서를

김재진

그대에게 보낸 말들이

그대를 다치게 했음을

그대에게 보낸 침묵이

서로를 문 닫게 했음을

내 안에 숨죽인 그 힘든 세월이

한 번도 그대를 어루만지지 못했음을

새벽에 용서를   김재진

우정은 종종 사랑으로 끝나기도 하지만

사랑이 우정으로 끝나는 경우는 없다,

절대로

–

찰스 칼렙 콜튼

찰스 칼렙 콜튼

이 사랑

자크 프레베르

이 사랑
이토록 격렬하고
이토록 연약하고
이토록 부드럽고
이토록 절망하는
이 사랑
대낮처럼 아름답고
나쁜 날씨에는 날씨처럼 나쁜
이토록 진실한 이 사랑
이토록 아름다운 이 사랑

이 사랑 자크 프레베르

이토록 행복하고
이토록 즐겁고
어둠 속의 어린애처럼
무서움에 떨 때에는
이토록 보잘것없고
한밤에도 침착한 어른처럼

이토록 자신있는 이 사랑
다른 이들을 두렵게 하고
다른 이들을 말하게 하고
다른 이들을 질리게 하던
이 사랑

행복은 혼자 오지 않는다

에카르트 폰 히르슈하우겐

행복해지는 것은 간단하다.

다만,

간단해지는 것이 어려울 뿐이다.

행복은 혼자 오지 않는다 에카르트 폰 히르슈하우겐

인생이란,

폭풍우가 지나가길 기다리는 것이 아니라

퍼붓는 빗속에서

춤추는 법을 배우는 것이다

-

작자 미상

travail

Boutique

작자 미상

별의 감옥

장석남

저 입술을 깨물며 빛나는 별

새벽 거리를 저미는 저 별

녹아 마음에 스미다가

파르륵 떨리면

나는 이미 감옥을 한 채 삼켰구나

유일한 문밖인 저 별

별의 감옥   장석남

사랑의 반대는 미움이 아니고,
예술의 반대도 추함이 아니며,
삶의 반대 역시 죽음이 아니다

이 모든 것들의 반대는
무관심이다
–

엘리 비젤

엘리 비젤

상처

조르주 상드

덤불 속에 가시가 있다는 것을 안다

하지만 꽃을 더듬는 내 손 거두지 않는다

덤불 속의 모든 꽃이 아름답진 않겠지만

그렇게라도 하지 않으면

꽃의 향기조차 맡을 수 없기에

꽃을 꺾기 위해 가시에 찔리듯

사랑을 얻기 위해

내 영혼의 상처를 견뎌낸다

상처받기 위해 사랑하는 게 아니라

사랑하기 위해 상처받는 것이므로

상처 조르주 상드

때때로 독서는

생각하지 않기 위한

창의적인 방법이다

-

아서 헬프스

아서 헬프스

삶

베이다오

서랍 자물쇠로 자신의 비밀을 채운다

좋아하는 책 위에 소감을 남긴다

편지를 우체통에 넣고, 묵묵히 잠시 서서

바람 속에서 행인을 훑어본다, 조금도 거리낌 없이

네온사인 깜빡이는 쇼윈도를 살핀다

전화통에 동전 한 닢 던져 넣고

다리 아래 낚시하는 노인에게 담배 한 개비를 청한다

강 위의 증기선이 광활한 기적을 울렸다

극장 입구 어둠침침한 전신 거울 앞에서

담배 연기를 뚫고 자신을 응시하고 있다

커튼이 은하수의 수다를 차단할 때

등불 아래서 색 바랜 사진과 메모를 펼친다

삶　베이다오

침묵의 기술

조제프 양투안 투생 디누아르

침묵보다 나은 할 말이 있을 때에만

입을 여는 게 좋다

침묵의 기술 　조제프 양투안 투생 디누아르

눈 오기 전

무로우 사이세이

오직 만나고 싶다는 열망으로

식초처럼 뜨거운 것이

가슴 깊이 지나칠 때,

눈 온다 외치는 소리 들리고

어느덧 하얗게 된 지붕 위

눈 오기 전 　무로우 사이세이

아는 사람은 말하지 않고,

말하는 사람은 알지 못한다

남을 아는 사람은 지혜로운 사람이지만,

자기를 아는 사람은 더욱 현명한 사람이다

남을 이기는 사람은 힘이 있는 사람이지만,

스스로를 이기는 사람은 더욱 강한 사람이다

-

노자

노자

겨울철에는 절대 나무를 자르지 말라

상황이 좋지 않을 때는 절대 부정적인 결정을 내리지 말라

기분이 너무 안 좋을 때는 절대 중요한 결정을 내리지 말라

잠시만 기다려라, 그리고 조금만 참아라

폭풍은 지나가고 봄이 찾아올 것이니

-

로버트 H. 슐러

로버트 H. 슐러

| 작품 출처 |

- 홍영철, 『외딴섬』 전문
  (『여기 수선화가 있었어요』, 문학과 지성사)
- 나짐 히크메트, 『진정한 여행』 전문
- 사르트르
- 나태주, 『혼자서』 전문
  (『오래 보아야 예쁘다, 너도 그렇다』, 알에이치코리아)
- 랜터 윌슨 스미스, 『이 또한 지나가리라』 일부
- 이윤학, 『첫사랑』 전문
  (『아픈 곳에 자꾸 손이 간다』, 문학과 지성사)
- 인디언 명언
- 괴테, 『발견』 전문
- 파울로 코엘료, 『흐르는 강물처럼』, (문학동네)
- 티벳 속담
- 정호승, 『나의 꿈』 전문
  (『풀잎에도 상처가 있다』, 열림원)
- 나카타니 아키히로, 『내 영혼의 비타민』, (소담출판사)
- 시바타 도요, 『약해지지 마』, (지식여행)
- 스페인 속담
- 노혜경, 말하라, 『어두워지기 전에』 전문
  (『말하라, 어두워지기 전에』, 실천문학)
- 헤르만 헤세, 『헤르만 헤세의 청춘이란 무엇인가』,
  (스타북스)
- 윌리엄 쉐드
- 알프레드 디 수자,
  『사랑하라, 한 번도 상처받지 않은 것처럼』 전문
- 마종기, 『익숙지 않다』 전문
  (『하늘의 맨살』, 문학과 지성사)

- 오스카 와일드
- 고은, 『그 꽃』 전문 (『순간의 꽃』, 문학동네)
- 찰스 칼렙 콜튼
- 김혜순, 『열쇠』 일부
  (『슬픔치약 거울크림』, 문학과 지성사)
- 루쉰
- 전혜린, 『이 모든 괴로움을 또다시』, (민서)
- 편석환, 『나는 오늘부터 말을 하지 않기로 했다』
  (시루)
- 이채, 『사람이 사람에게』 전문 (『마음이 아름다우니
  세상이 아름다워라』, 행복에너지)
- 피천득, 『여심』 일부 (『인연』, 샘터)
- 아리스토텔레스
- 도종환, 『혼자 사랑』 전문 (『흔들리지 않고 피는
  꽃이 어디 있으랴』, 알에이치코리아)
- 쥴리&져스틴, 『지중해 in Blue』, (좋은생각)
- 작자 미상
- 공지영, 『빗방울처럼 나는 혼자였다』, (해냄)
- 홍사성, 『해수관음에게』 전문 (『내년에 사는 법』,
  책만드는집)
- 최승자, 『삼십세』 일부
  (『이 시대의 사랑』, 문학과 지성사)
- 요시모토 바나나, 『슬픈 예감』, (민음사)
- 니체
- 전혜린, 『먼 곳에의 그리움』 일부
  (『그리고 아무 말도 하지 않았다』, 민서)
- 신경림, 『가난한 사랑 노래』 전문
  (『가난한 사랑 노래』, 실천문학사)

- 서덕준, 『사진보관함』 전문
- 헬렌 켈러
- 밀란쿤데라, 『농담』 (민음사)
- 법정스님, 『살아 있는 것은 다 행복하라』.
  (조화로운삶)
- 임은숙, 『너와 나의 배경』 전문
- 파블로 네루다, 『길 위에서의 편지』 일부
- 마하트마 간디
- 황강록, 『검고 푸른 날들』 전문
  (『지옥에서 뛰어놀다』, 문학의전당)
- 백가희, 『너의 의미』 전문 (『간격의 미』, 쿵)
- 작자미상
- 나태주, 『연애』 전문 (『꽃을 보듯 너를 본다』, 지혜)
- 샤무엘 울만, 『청춘』 일부
- 작자미상
- 류시화, 『저편 언덕』 전문
  (『외눈박이 물고기의 사랑』, 열림원)
- 법정스님, 『무소유』
- 고타마 싯다르타
- 김종원, 『기억에 마음을 묻는다』 전문
- 비센테 알레익산드레, 『희망을 가지렴』 일부
- 커트 코베인
- 키타하라 하쿠슈, 『고양이』 전문
  (『키타하라 하쿠슈 시선』, 민음사)
- 이승훈, 『너를 본 순간』 전문
  (『너를 본 순간』, 문학사상사)
- 프리덴슈리이히 훈데르트바서

- 이은규, 『속눈썹의 효능』 일부
  (『다정한 호칭』, 문학동네)
- 오귀스트 로댕
- 헤르만 헤세, 『안개 속에서』 일부
- 빈센트 반 고흐, 『반 고흐, 영혼의 편지』 (예담)
- 안톤 슈낙, 『우리를 슬프게 하는 것들』.
  (문예출판사)
- 황경신, 『달리다』 일부 (『반짝반짝 변주곡』, 소담)
- 틱낫한, 『따뜻함을 위하여』 전문
- 김재진, 『새벽에 용서를』 전문
- 찰스 칼렙 콜튼
- 자크 프레베르, 『이 사랑』 일부
- 에카르트 폰 히르슈하우겐,
  『행복은 혼자 오지 않는다』 (은행나무)
- 작자미상
- 장석남, 『별의 감옥』 전문
  (『새떼들에게로의 망명』, 문학과 지성사)
- 엘리 비젤
- 조르주 상드, 『상처』
- 아서 헬프스
- 베이다오, 『삶』 전문
- 조제프 앙투안 투생 디누아르,
  『침묵의 기술』 (아르테)
- 무로우 사이세이, 『눈 오기 전』 전문
- 노자, 『도덕경』
- 로버트 H. 슐러

혼자라도 빛나는 밤에

–

2017년 12월 25일 초판 1쇄 펴냄

지은이 밤삼킨별 김효정, 딱풀 김태구
발행인 김산환
책임편집 윤소영
디자인 윤지영
영업 마케팅 정용범
펴낸곳 꿈의지도
인쇄 다라니
종이 월드페이퍼

주소 경기도 파주시 광인사길 217, 3층
전화 070-7535-9416
팩스 031-955-9416
홈페이지 www.dreammap.co.kr
출판등록 2009년 10월 12일 제82호
값 13,000원
ISBN 979-11-87496-65-6